グリーンピース

ポエム集

岩﨑俊彦

鉱脈社

はじめに

　野菜炒めを作るのに、いろいろな食材を包丁で切り分けていました。するとその時、ピーマンの鮮やかな緑色とツヤツヤすべすべした手触りに、心を揺り動かされました。他の野菜や調味料に混じったピーマンを、お箸やフォークで口にするのとは、かなり印象が違っていたのです。
　その出来事をきっかけに、いろいろな野菜や果物に目を向けるようになりました。ただ眺めるだけでなく、直に触れながら何かを感じ取るのです。そうして出来上がったのが、ポエム集『グリーンピース』です。どうか最後までお付き合いください。

岩﨑　俊彦

目次

里芋の思い出　53

干し大根の歌　95

装幀・扉絵　岩﨑　博子

ポエム集　グリーンピース

グリーンピース

飾りじゃないのよ、パセリは

食べ残されることが多いからだろうか？
お皿にちょこんとのっているパセリは
葉が縮れていて遠慮がちに見える
でも　じつはパセリは
料理の彩りを良くする飾りじゃなく
栄養の豊富な野菜らしい

畑でパセリを見た

一本一本の茎から
たくさんの葉が茂っている
まるで　青々とした森を見ているみたい
レストランで見たパセリと違って
生き生きとして誇らしげだ
見ているだけで
元気をもらえる

ねぎ坊主

スーッと伸びたねぎの先っぽに
ポンとつぼみが飛び出した
まるで　キューピー人形の頭みたい
それを「ねぎ坊主」と
人は呼んでいる

「ちっとも、可愛らしくない名前ね。
じつは、私は野菜じゃなくて花なのよ」

そう言ってねぎは
懸命につぼみを咲かせた
でも　爽やかな風に運ばれてくる
ねぎの香りは
食欲をそそるのだ

ごぼう抜き

ゴールが見えてきて
次々とランナーを抜いた
ゴールに駆け込んで
「やったー、ごぼう抜きだー!」と
思わずガッツポーズ
しかし　どうも腑に落ちない

思い起こせば

畑のごぼうを抜いたことがない
ごぼうを抜くのも
スカッと気持ちいいのだろうか？
いつか畑に行って
ごぼう抜きしてみたい

グリーンピース Ⅰ

緑色でつやつや光るその豆粒は
グリーンピースと呼ばれる
名前が示す通り一粒一粒には
ギュッと詰まっていそう
緑豊かな地球の
平和（ピース）を願う気持ちが
戦中戦後の貧しい時代を思うと

シューマイやオムライスにのった
グリーンピースが輝いて見える
まるで　平和の象徴みたいに

グリーンピース Ⅱ

グリーンピースには
ギュッと詰まっている
緑豊かな地球の
平和を願う気持ちが
そう思いながら
一粒一粒眺めていた

空の上から見下ろしたら

豆粒みたいに見える人間
人間にも
ギュッと詰まっている
緑豊かな地球の
平和を願う気持ちが

キャベツ

その一玉を手にすると
ずっしりとした手応え
キャベツの葉が
ぴったりと寄り添い合い
奥までびっしりと
詰まっているに違いない

天地の恵みもさることながら

ここまで立派に育ったことは
キャベツと農家の方々の
努力に触れずには語れない
いったいどんな日々を
過ごしてきたのだろう
アルバムをめくるように
そっとめくっていった
キャベツの葉を

キャベツとレタス

キャベツもレタスも
次々と葉を巻き　玉を作る
似た者同士だ

でもキャベツは
びっしりと葉を巻き
美味しさをギュッと詰め込む
そんなキャベツは

いろんな料理に欠かせない

それに対してレタスは
ふわっと葉を巻き
朝露きらめく空気を包み込む
そんなレタスは
シャキッとしてみずみずしい

ピーマン

つやつやピカピカのピーマンに
包丁を入れたら
スーッときれいに開いた
やっぱりその中は
空っぽだった

中身がないので
中身のない話などをピーマンに例える

でも　お肉と一緒に炒めたら
シャキッとした歯ごたえで
お肉の味を引き立てる

空っぽのピーマンには
いっぱい詰まっていたんだ
田舎の美味しい空気と真心が

ニラの主張

ニラ玉やレバニラ炒めなど他の食材と料理することで、ニラは癖のある味が生きてくる。ところが、年に数回刈り取られるニラの中で、一番目に刈り取られるニラは、なんとニラとは思えないほど甘いのだ。その甘さはイチゴと同じくらいで、堂々と主役を張れるのだ。ニラのおひたしやしゃぶしゃぶなどにして、美味しくいただけるそうだ。しかし、そのニラは、一般家庭ではなかなか手に入らない。

ニラをザクザクッと刻むと、いつものニラの匂いがぷーんと鼻につき、叱られた気がした。「料理に大切なのは、何番目のニラかじゃなくて真心だ！」と。さあー、心を込めて作ろう、レバニラ炒めを！

ニラの正体

包丁でニラを刻んだら
ぷーんと匂った
匂いも味も癖が強いのに
お肉と炒めても
お味噌汁や鍋に入れても
料理の味をグッと引き立てる
色んな食材の旨味を
ニラは引き出してくれるのだ

不思議だね！
ニラにハッパをかけられたのか
色んな食材が生き生きしてくる
ザクザクと刻まれるニラは
一見脇役のようだが
みんなをシャキッとさせる監督さんだ

スーパーの片隅で

真っ直ぐなきゅうりが整然と並ぶ中で
数本目にした
バナナみたいに曲がったきゅうりを
そして　その中の一本と
目が合った気がした

真っ直ぐな方が調理しやすいだろうから
曲がったきゅうりたちは

売れ残りはしないだろうか？
そんなことを心配する私を尻目に
主婦とおぼしき方が
鷲摑みにしていった
真っ直ぐなきゅうりたちを

気がつくと私は手にしていた
さっき目が合った気がした
曲がったきゅうりを

キュウリの呟き

昔のキュウリはイボだらけで
先が尖って痛かった
ところが　品種改良された今のキュウリは
イボがほとんどなくなり
扱いやすくなった
でも　ツルツルしたキュウリは
どこか浮かぬ顔をしている

キュウリは呟く
「アーモンドチョコやクランチバーみたいに
がぶりとかじって欲しい」と
昔の子どもは
がぶりとかじっていた
チョコやアイスではなく
もぎたてのキュウリやトマトを

ゴーヤ

イボイボだらけのゴーヤの顔は
まるで青春真っ盛りの
ニキビ面のようだ
そんなゴーヤが
まだ幼かった自分には
苦すぎて食べられなかった

あれから

色んな出会いや別れがあり
時には喜び
時には悲しみ
涙することもあった

そしてある日
シャキッとみずみずしい
ゴーヤを口にした
すると
ほろ苦い青春の味がした

もやしと出会ってから

慣れない都会で一人暮らしを始めた頃
スーパーでもやしと出会い驚いた
目を疑うほど安い値段だったからだ
もやしを育てる方も
気の毒にさえ思えた
当時はコンビニとかなく
自炊して食費を抑えるのが一般的だった
だから　安くて手軽に調理できるもやしは

とても有り難かった

インスタントラーメンくらいしか作れず
世間知らずでもやしっ子だった私
そんな私だったが
もやしと出会ってから料理に目覚め
そこそこ料理ができるようになった
でも　サッと炒めたもやしみたいに
シャキッとはしていない
ああ　そんな私だ

オクラ

緑色でつやつやとしたオクラ
オクラを輪切りにすると
みな星の形をしている

お箸でつまむと
ネバネバと糸を引き
「ネバネバ星人だ！」と
子どもがはしゃいだ

ネバネバ星人あらわる！
自然破壊が進んでいる地球に
緑を取り戻そうと

モロッコいんげん　Ⅰ

一目見て「で、でかい！」と
思わず言ってしまった
それは　モロッコいんげんと呼ばれる
いんげんの仲間だ

日本の野菜不足を解消するために
北アフリカのモロッコから
はるばるやって来たのだろうか？

長旅で疲れ果てたように
ぺっちゃんこにサヤがしぼんでいる
モロッコさん
どうもお疲れ様でした

モロッコいんげん Ⅱ

ぺっちゃんこにしぼんでいて
ガチガチと固そうに見える
モロッコいんげん
でも　ゆでたモロッコいんげんを
がぶりと嚙むと
思いのほか柔らかくて
ほのかな甘さが広がる
モロッコいんげんは

母さんの握ったおむすびみたいに
ギュッと握りしめていたんだ
美味しさとやさしさを

なすときゅうりの思い出

子どもの頃食べたなすときゅうりの味は、あまり覚えていない。食べるよりも眺める方が楽しかったからだ。家で飼っていた鈴虫に、輪切りのなすやきゅうりをあげて、虫かごの中をワクワクして覗き込んでいた。それを鈴虫は美味しそうに食べて、りーんりーんと澄んだ音色を奏でてくれた。

お盆には家族で、割り箸や爪楊枝を使い、きゅうりの馬となすの牛を作った。それにご先祖様が乗って、天国と我が家を行き来すると母から聞いた。ご先祖様がサンタさんくらい不思議に思えて、しげしげと眺めていた。きゅうりの馬となすの牛を。

ところが今は、眺めるよりも食べる方が断然楽しい。麻婆なすやきゅうりの浅漬けには目がないのだ。

それでもお盆が来ると、今でも家族できゅうりの馬となすの牛を作る。そして、あの頃を懐かしみ、しみじみと眺めてしまう。ご先祖様は見えないが、きゅうりの馬となすの牛に、思い出が乗ってやって来る。

知らぜらるにんにくの秘密

にんにくの芽と呼ばれている部分は芽ではなくて、にんにくの茎だそうだ。そして、にんにくの粒がギュッと詰まった球根は根ではなくて、実は茎だそうだ。

それで本当の根はどこにあるのかというと、八百屋やスーパーではまずお目にかかれない。畑に行ってにんにくを掘り起こしてみたら、やっと出会えた。球根の下からぼうぼうと伸びた髭みたいなのが、根だそうだ。そして、土ぼこりを払い落とすと、しっとりとしてみずみずしい生のにんにくを目にした。

畑に行くと楽しい！　野菜たちの生き生きとした素顔に出会えるから。

愛の結晶

にんにくの玉を覆う
ごわごわとした皮をむくと
ぎっしりと粒が詰まっている
さらに　その粒一つ一つに
皮がぴったりと張り付いて
中身を守っている
だから　にんにくは
美味しさと香りを

長持ちできるんだね

皮をむくとにんにくの粒は
つやつやすべすべで
真っ白に輝いている
それはまさに
にんにくの愛の結晶だ
ただし　この愛を噛みしめるのは
デートの前だけは避けた方がいい

里芋の思い出

玉ねぎの思い出

「この頃涙もろくなって……」と
受話器の向こうで
母さんがこぼした
その声でふと思い出した
「身体にいいから」と母さんが
オニオンスライスを
よく作ってくれたことを

「あー、玉ねぎが目にしみる」と
少し涙声で玉ねぎを刻んでいた
そんな母さんの背中がまぶたに浮かび
僕の目頭も熱くなった

玉ねぎの効果

ぎこちなく包丁で
玉ねぎを切っていると
目にしみて痛くて
たまらなかった

ところが　いつの間にか
ほとんど目にしみないうちに
手早くスライスできるようになった

おまけに他の野菜も
上手く扱えるようになった
玉ねぎさん　どうもありがとう

こんにゃく

四角いこんにゃくを
指先でチョンと押すと
ポンと跳ね返る
白いこんにゃくは
普通の消しゴムみたいで
ねずみ色のこんにゃくは
砂消しゴムみたいだ
そんなこんにゃくを食べると

胃や腸をきれいにしてくれるそうだ
ほんとに消しゴムみたいだね

消しゴムみたいな
こんにゃくを噛みしめる
ああ　消してくれたらいいのに
忘れてしまいたい過去も

ウーッ、マンゴー！

ヤシの実や常夏の島が思い浮かぶ
真っ赤に熟れたマンゴーを割ると
光り輝くようなオレンジ色
トロピカルな風味が香り
「ウーッ、マンゴー！」と
ご機嫌になる
そして　ひとくち口にすると
とろーりとろけて

ジュワーとあまさが広がり
幸せなひと時を味わえる

でも　あま〜い暮らしに
物足りなさを感じたら
こんなメニューはいかが？
マンゴーパフェと激辛カレーのセット

スイカの悩み

はたしてスイカは
野菜なのか果物なのか？
キュウリやピーマンと同じような色で
畑で育つから
野菜だと言う人がいれば
果物らしいみずみずしさと甘さを持ち
デザートで食べるから
果物だと言う人もいる

野菜なのか果物なのか
スイカ自身も
悩んでいるのかもしれない
だから　知人はこう言う
「ツルが伸びてきたら、ちゃんと剪定してあげて。
そうしたら、甘くて美味しい実ができるよ！」と
しかし　そうしてもらうことが
はたしてスイカの希望なのかどうか
定かではない
野菜だったら
甘くなくてもいいから

スイカ

地球儀みたいに
くるくるとスイカを回してみた
シマウマの白黒のストライプと比べて
深緑に黒のしま模様は
どうもパッとしない

ところが　スイカを割ると
図鑑で見た地球の断面よりも

真っ赤で熟れている
そして　一口かじると
キーンと体の芯まで冷えて
ジュワーと心の中まで甘くなる

キーンと冷えて
ジュワーと甘いスイカを
食べさせたいね！
温暖化や異変に苦しむ地球にも

柿の実に詰めた思い

葉はチリヂリに散り
枯れたようにして
柿の木は立っている
それなのに
なぜがんばるのだろう
細い枝の先にまで
鈴なりに実をつけている

お日様の光を
いっぱい浴びたのだろう
つやつやとした柿の実は
夕日の色に輝いている
胸ときめかせて
柿の実に包丁を入れたら
ぎっしりと中身が詰まっていた
柿の木は
手抜きもせずに一生懸命なんだ

ゴマ

ゴマ粒から出た芽は
グングン大きくなって
大人の背丈を超える者もいる
しかも熱帯サバンナ生まれだから
日照りに強く荒地でもへっちゃらだ
豆粒よりも小さいゴマ粒には
ギューッとパワーが
詰まっているんだね

ゴマ粒は芽を出す時に
きっと唱えているよ
「ひらけーゴマ!」って

秋刀魚に平兵衛酢を

もぎたての平兵衛酢を
ギュッとしぼってかける
こんがり焼きたての秋刀魚に
その爽やかな香りに
僕の五感はパッと目覚めた
もしかしたら
届いたかもしれない
秋刀魚の魂にも

もぎたての平兵衛酢を
ギュッとしぼってかける
秋刀魚の焦げ目にもしっかりと
平兵衛酢がじゅわーっとしみる
秋刀魚に流す涙のように

いただきますと
手を合わせた

稲の精神

災害に遭っても日本人たちは
礼儀正しくマナーを守り　助け合う
日本人の心には生きている
稲の精神が

我先にと背を伸ばさずに
きちんと足並みそろえる稲たち
降りそそぐ光と水を

みんなで分け合っている

輝きの下で

風が吹くと稲穂が波打ち
黄金に輝く海に
思わず目を奪われた

しかしよく見ると
稲の茎も葉もカラカラに乾き
枯れ果てている
それでも稲は

大地に立ちつづけている
頭を垂れるほど実る稲穂を
しっかりと支えながら

やがて稲は刈り取られるだろうが
一手間二手間かけると
稲穂の中から生まれてくる
汚れのない真っ白な米粒が

ナスの主張

地方によって、「ナス」と呼ばれたり「ナスビ」と呼ばれたりするナス。ナスの煮びたしや焼きナスなどナスそのものだけでも、立派に料理を司る。しかも、「秋ナスは嫁に食わすな」というくらい美味だ。

つやつやすべすべしていて、鮮やかな紫色をしているナス。そんなナスは、食べて美味しいだけでなく、見かけもとても美しい。だから、ナスたちは主張している。「ナスビ」と呼んで、「茄子美」と書いて欲しいと。

里芋の思い出

ピーマンやトマトは
ピカピカに光っているのに
土にまみれたまま
店先に並んでいる里芋
湿り気を保つためとは言え
なんだか可哀想に見える
でも　そんな里芋たちを
ばあちゃんは腕を振るって料理した

ばあちゃんは
里芋のように飾り気がなくて
ぬくもりを感じた
ばあちゃんの作る
里芋の煮っころがしの味は
ずっと忘れられない

にんじんの主張

土に埋もれたにんじんが、うらやましそうに見上げている。お日様に輝くみかんを。甘くて美味しいみかんは、子どもにも大人にも好かれみんなの人気者だからだ。にんじんは思っている。みかんに負けないぐらい僕たちだって、鮮やかなオレンジ色をしている。それなのに、どうしてこんなに待遇が違うのかと。

にんじんたちは、こんな噂も耳にした。給食でにんじんを残す子どもが多いと。昔から人気のカレーライスでも、にんじんだけお皿の隅によけているのだと。

いったい僕たちのどこが、気に入らないのだろうか。煮込んだらシャキッとでもトローリとでもなく、グニャとした歯ごたえだからだろうか？　それとも、野菜なのにほどよく甘いのが変なのだろうか？

にんじんたちは声を出して、みんなに伝えたいんだ。
「風のように駆けるお馬さんがかぶりつくほど、にんじんには栄養がたっぷり詰まっているんだ。だから、残さずしっかりと食べれば、きっと馬力がつくよ」って。

落花生

「落花生は殻が硬くて、むくのがめんどくさい」と、思わず
不満をこぼした。
すると、母さんは答えた、
「落花生は鳥や獣の目を逃れるために、わざわざ土の中にも
ぐって、実を結ぶんだよ」と。

そんな涙ぐましい努力が実を結んで
生まれた、落花生。

落花生の殻をむくと、
「ああ、いい香り」と
思わず顔がほころぶ。

落花生は大事に仕舞っておいたのだ、
香ばしい香りまで。

＊落花生は、殻の付いた実も全体も落花生と呼ぶ。

りんごとトマト

まるで競い合うように
真っ赤なりんごとトマト
でも　甘さでりんごに負けたトマトは
生きものたちに食べやすいように
軟らかくなったのかも
そして　トマトに負けじとりんごも
色々な種類ができたのかも

りんごとトマトが喧嘩しないようにと
人間たちは考えたのだろうか
りんごは果物として
トマトは野菜として
活躍している
そして　我が家の食卓も明るく彩る
スライストマトとうさぎのりんごが

八百屋のキャロットが美しい訳

八百屋には色んな野菜が
所狭しと並んでいる
その中でスマートで美人なのは
なんと言ってもキャロット（にんじん）だと思う

じゃがいもの男爵は
今日もキャロットに見惚れている
男爵に見つめられてキャロットも

まんざらでもない様子だ

八百屋のキャロットが一際美しいのは
もしかすると　男爵の目力もあるのかも
ただ　じゃがいものメークイーンが
男爵のそばで浮かぬ顔をしている

真面目一徹のかぼちゃだけど

ゴツゴツとして
ずっしりと重たいかぼちゃは
中身がぎっしりと詰まっている
しかも　ひと手間かければ
中の種まで美味しくいただける
要らないところがほとんどないのだ
ああ　なんてかぼちゃは
真面目に育つのだろう

鎧をかぶったように
ガッチリと身を固めているかぼちゃは
子どもたちにとって
普段は近寄り難いようだ
でも　ハロウィンが来ると
かぼちゃは人気者になる
中身をすっぽりくり抜いて
思い思いに目鼻口をかたどらせる
すると　子どもたちといっしょに
かぼちゃたちも笑い出す

蓮根の穴をのぞいてみたら

ぽこぽこと穴だらけの蓮根を食べながら、おやじが言った。

「今度は辛子蓮根が食いたい。酒の肴にピッタシじゃが」と。

「先（将来）が見える縁起もんじゃかい、蓮根の穴には、なんも詰めん方がいっちゃが」と、おふくろは答えた。いかにも縁起担ぎのおふくろらしい。

弟が口をはさんだ。

「もし詰めるんなら、明太子がいい。その名もズバリ、辛子蓮太子！」

うまい！

妻もすかさず発言。

「わたしは、真心」

これまたうまい！　蓮根のうまさが引き立ち、家族の会話もはずむ。

蓮根の穴をのぞき、先が見えることは、実際にはなさそうだ。

でも、蓮根の穴をのぞいてみたら、家族の笑顔が見えた。

山芋（自然薯）の根性

草木の生い茂る山の中で
山芋は根を下ろす
石や岩にぶつかっても
曲がりくねりながら
さらに深く根を下ろしてゆく
そんな山芋の根性を
すりおろした山芋に見た
箸でつまんで

グーッと引き伸ばせるぐらい
粘り強いのだ

干し大根の歌

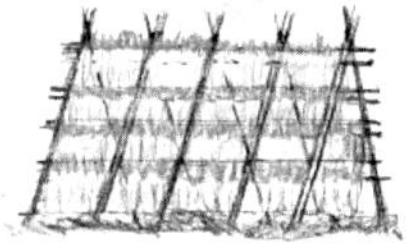

林檎の魅力

聖書によれば
アダムとイブが林檎を食べてから
人類の物語は始まったそうだ
それから 林檎が出てくる話や歌が
数多く生まれている
だから　今さら私が
その魅力を語っても仕方がない

子どもの頭を撫でるようにして
私は林檎を洗った
そして　できるだけ身を残さないように
優しく皮を剝いて切り分けた

林檎をひと口かじったら
爽やかな甘さが口の中に広がり
やさしく私の心を包み込んだ
林檎の魅力を語れなかったが
ぐっとかみしめた
ひと時の幸せを

かぼちゃの花と実

かぼちゃの花は
ハイビスカスに似ていて
お日様が輝くように明るく咲く
でも　目立とうとせずに
隠れていることが多い
青々と茂るかぼちゃの葉の下に

土ぼこりをかぶりそうなくらい

低いところに咲いた花は
そっと見守っているようだ
地べたに座ったかぼちゃの実を
まだまだ未熟な実も
きっと　すくすくと育つよ
花に励まされて

ブロッコリーとカリフラワー

ブロッコリーとカリフラワー
そのかたまりを手にして
しげしげと眺めた
モコモコとした
ブロッコリーとカリフラワーは
草花をギュッと束ねた
ブーケみたいだ

不思議なことに
食べやすい大きさに切り分けても
ブロッコリーとカリフラワーは
元の姿にそっくりなのだ
まるで分身の術みたいに
ブーケの子どもが次々と生まれる

ブロッコリーとカリフラワーは
生き生きと食卓を彩る
幸せを
みんなに分けてあげようと

意外な正体を知って

にんじんやさつまいもは根だが
じゃがいもや蓮根は
じつは　茎が大きくなったものだって
えっー！　見た目だけじゃ
正体が分からないなぁ

肉じゃがと辛子蓮根を肴に
いも焼酎を飲みながら

僕も正体が分からなくなった

人参と大根

土の中から掘り起こしたら
鮮やかなオレンジ色の人参と
まばゆいほどの真っ白な大根に
目を奪われた
人参も大根も
根っから明るく生きている

長ねぎ

長ねぎを手に取ると
きめ細やかな肌ざわりで
芯がしっかりとしている
煮てもとろーりと甘く
焼いてもシャキッと香ばしい

風味歯ごたえ良く
色んな具にやさしく寄り添い

味を引き立てる長ねぎ
そんな長ねぎは
きめ細やかな気配りで
みんなをしっかりとサポートする
そうだ！
うちのマネージャーみたいだね

センター（白菜）

白菜の外側の葉たちは
霜や寒さからもしっかりと守り抜いた
中できれいに張り合わさっている葉を

ところが　いざ収穫になると
外側の葉たちは取り除かれて
畑に置いていかれる
それでも　置いていかれた葉たちは

やがて土に還り
次に植えられる野菜たちの
肥やしになるのだ
その生き様に目頭が熱くなった
それなのに
思わず私はこう祈ってしまった

人気アイドルグループじゃないけれど
今度白菜に生まれて来る時は
どうかセンターを張れますように

大根

ゆさゆさと揺れる青葉を
ぐーんと押し上げて
土の中から顔を出した大根
ピチピチとしてはちきれそうだ

でも　どんなに元気良く育っても
勢い余って土から飛びだすことはない
自分のことを大根は

ちゃんとわきまえているのだ

そして　不慣れな者が引き抜こうとすると
びくともしない
土の中で大根は
大地をしっかりとつかんでいる

みかんの主張

コタツの上で君の帰りを
今日も待っている
あたたかい色したみかんたちが

ぬくぬくのコタツに入ると
居心地よくて出られずに
とりあえず君は
リモコンでテレビをつける

そして何気なく
みかんを食べていないだろうか？

賑やかなテレビの声にかき消されて
聞こえないだろうが
鏡餅のみかんは言っている
「大晦日と元日だけでも、
みかんをじっくりと味わって欲しい」と

ふるさとの香り

山から吹き下ろしてくる風に
ほのかに甘くてみずみずしい
白菜や大根の香りが漂う
幼い頃から慣れ親しんだ
ああ　ふるさとの香りだ

大地にしっかりと根を下ろし
すくすくと育つ野菜たち

コンビニやスーパーでは見られない
野菜たちの素顔にふれて
収穫を間近にした
農家の方々の笑顔にふれて
私は誇りに思う
ああ　このふるさとを

野菜たちに励まされて

息を切らしながら坂道を駆け上ると
呼吸をするたびに
スーッと体の中に入り込む
畑の大根や白菜の香りが

空と大地の恵みをいっぱい受けて
農家の愛情もいっぱい受けて
育ち盛りの野菜たちが

元気に呼吸をしているんだ
さあー、私もがんばろう！

キウイの思い出

まったく地味な色だ
じゃがいもみたいだ
キウイをまるで知らなかった僕は
未知の食べものに思わず身構えた

ところが　ひと口嚙んだらびっくり！
皮を剝いて薄く切られたキウイは
サクッと柔らかく

甘酸っぱくてフルーティー!
キウイと母さんは
やさしく僕に教えてくれた
「見かけだけで判断したら、
いけないよ」って

じゃがいもの嘆き

畑から掘り起こされたじゃがいもは
自分の肌の色に驚いた
あまりにも地味な薄茶色だったので
土の中でゴロゴロしていたからだろうか?
根っ子の色に染まっちゃったよ
でも　同じ土の中で育った人参や大根は
なんできれいな色しているんだ?

おいらじゃがいもは
じつは茎から生まれたんだ
だから　ピーマンやキュウリみたいに
せめて茎と同じ色でいたかったよ
じゃがいもは　羨ましそうに見ていた
一緒に掘り起こされた人参を

じゃがいも

畑を掘り起こしたら
じゃがいもがごそっと顔を出した
デコボコがありゴツゴツとして
見た目はけっしてスマートじゃない
でも　じゃがいもとおでこを
こっつんこすると
美味しさの詰まった音がする

だから　大きさがどうだとか
形がどうだとか言って
じゃがいもたちを選り好みしたくない
みんな違うけれど
みんないい

じゃがいもの唄

畑から掘り起こされた
じゃがいもたち
でこぼこしてカッコよくない
お日様を浴びても
オレンジや夏みかんみたいに
輝きはしない
でも
汗にまみれて僕らを育ててくれた

父さんと母さんみたいに
誇らしげだ

季節の香りに満たされて

野菜や茶の畑が広がり
うっすらと雪をかぶった山々も見渡せる
そんな所に網棚が作られ
千切りにした大根が敷き詰められている
大根は日差しをいっぱい浴びて
山々から吹き下ろす風に清められる
千切り大根を敷き詰めた千切り棚は

畑に沿って長く伸び
太陽に眩しく輝く
それはまるで
太陽光発電のソーラーパネルならぬ
大根パネルだ

大根のみずみずしい香りが
風にのって運ばれてくる
僕は深呼吸して
美味しい香りを胸いっぱい吸い込んだ
よし、これで充電完了だ
さあー走りだそう！

かいわれ大根とちりめんじゃこ

かいわれ大根は
大根の芽で
ちりめんじゃこは
鰯の子ども
かいわれ大根もちりめんじゃこも
生まれて間もない命
その命を
サラダにしていただく

かいわれ大根もちりめんじゃこも
歯ごたえがやわらかいけれど
いただきますと
心でぐっと噛みしめた

バナナ

真っ直ぐなキュウリやナスを
当たり前に見かけるようになったが
今でもバナナは
曲がったまんまだ

手軽に手に入り
年中美味しくいただけるバナナ
でも　日本で食べるその多くは

常夏の島で育ち
幾日も船に揺られてやって来るのだ

昔から変わらぬさっぱりした甘さで
おなかを満たしてくれるバナナ

ブーメランみたいに
バナナは曲がっているが
真っ直ぐに信念を貫いている

空飛ぶ新玉ネギ

行縢《むかばき》おろしが吹き荒れる中
空飛ぶ新玉ネギたちが
すくすくと育っている
勢いよくピンピンと葉を伸ばし
つやつやしてみずみずしい球根も
土から飛び出しそう
「さあー、いつでも飛び立てるよ！」と
みんな元気いっぱいだ

干し大根の歌

やぐらに干された大根たち
お日様浴びていい気持ち
やぐらに干された大根たち
今日は北風に震えてる
やぐらに干された大根たち
北風に負けずに美味しくなる

都会の冷たい風に

さらされて
挫けそうになったら
きっと思い出す
君たちのことを

やぐらに干された大根たち
美肌がまばゆく輝いてる
やぐらに干された大根たち
今日は氷雨に凍えてる
やぐらに干された大根たち
氷雨に負けずに美味しくなる

世間の冷たい雨に

さらされて
挫けそうになったら
きっと思い出す
君たちのことを

世間の雨と風に
さらされて
挫けそうになったら
きっと思い出す
君たちのことを

〔収録作品一覧〕

	制作年
グリーンピース	
飾りじゃないのよ、パセリは	2017
ねぎ坊主	2018
ごぼう抜き	2017
グリーンピース Ⅰ	2018
グリーンピース Ⅱ	2018
キャベツ	2017
キャベツとレタス	2017
ピーマン	2017
ニラの主張	2021
ニラの正体	2017
スーパーの片隅で	2021
キュウリの呟き	2017

干し大根の歌

センター（白菜）　２０１７
大根　２０１７
みかんの主張　２０１８
ふるさとの香り　２０１９
野菜たちに励まされて　２０２０
キウイの思い出　２０１７
じゃがいもの嘆き　２０１７
じゃがいも　２０１７
じゃがいもの唄　２０２３
季節の香りに満たされて　２０２１
かいわれ大根とちりめんじゃこ　２０１７
バナナ　２０１７
空飛ぶ新玉ネギ　２０１９
干し大根の歌　２０２２

あとがき

いざ野菜や果物を題材に作品を作るとなると、日頃なじみ深い食材でも知らないことがたくさんありました。

また、農家の方々の大変さも多少なりとも学ぶことができて、食の大切さ、ひいては命の大切さを汲み取れました。よって、子育てに奮闘中の方や食を通して幸せを提供している方に、まず読んでいただければ幸いです。

末筆ではございますが、編集などでご指導していただいた杉谷昭人先生、表紙のイラストを描いてくれた妻、鳥井美穂様をはじめ鉱脈社の皆様に、厚くお礼申し上げます。それから常日頃より心の支えとなり、今回の出版を後押ししてくれた家族にも深く感謝します。

岩﨑　俊彦

[著者略歴]

岩 﨑 俊 彦(いわさき　としひこ)

1962(昭和37)年　宮崎県児湯郡高鍋町に生まれる。

昭和56年３月　宮崎県立高鍋高等学校　卒業
昭和56年４月　九州産業大学商学部経済学科　入学
昭和61年３月　九州産業大学商学部経済学科　卒業
昭和62年４月　宮崎リハビリテーション学院　入学
平成３年３月　宮崎リハビリテーション学院　卒業
平成３年４月　延岡リハビリテーション病院　就職
令和４年３月　延岡リハビリテーション病院　定年退職

宮崎県児湯郡高鍋町に在住

ポエム集　グリーンピース

二〇二三年八月十八日　初版印刷
二〇二三年九月　一　日　初版発行

著　者　岩　﨑　俊　彦 ©
発行者　川　口　敦　己
発行所　鉱　脈　社
〒八八〇 - 八五五一
宮崎市田代町二六三番地
電話　〇九八五 - 二五 - 一七五八
郵便振替　〇二〇七〇 - 七 - 二三六七

印刷
製本　有限会社　鉱　脈　社